切磋琢磨

河合錫鳴

ポエムピース

春

春うららあの子の声が澄み渡る

春の夜や足音もせず猫の道

枝の上ひながさえずる鳥の城

竹箒砂をはくへのへのもへじ
夜なべしてコクリと眠る朧月
日を浴びた蚯蚓《みみず》ついばめ雀の子

ババ引きのババあくびする長閑《のど》けさよ

突然の春に句を読み鼻白む

つつじ咲く五月日夜の徒歩の友

つまらない女のため咲くつつじかな

ピィピィやビィビィとなく留鳥《とどめどり》

春風に身を洗い尿土に還す

青麦に古桶古井戸呼ばれ哉

塀は山てふてふ越える塀は山

桜吹き人かき回す口車

のっけから花はさくらと犬ころも

ちょんまげに胡《こ》蝶《ちょう》さいごの別れかな

花ひらきけぶりますます増す煙草

朧月傘でしめして字は読めぬ

時鳥《ほととぎす》ひと声なきぬ字の間

ホトトギス天下の丘の閻王《えんおう》や

永き日を切り取ったるや屏風に

藤棚に立身勉せし朴《ぼく》訥《とつ》さ

一二ぃ三ん寄って止まり木鶯や

うぐいすの目は枯木より人待つや

朧月街は昭和の息つづく

初春ノ値千金晴レ姿

春にしか咲けぬさくらに一目惚れ
ああさくらなぜ咲くのやら裏切らずに
さくら散るこぼす言葉に愛想笑い

こぶし花咲く家カタリコトリ開く
のどかさや冬の鎧を脱いだ雑魚
春うららこころはつまりつまりと言う

陽炎をやぶる汽車の力業

春の夜や泣く子も黙る能天気

丸々と太りうらめし春の月

蝶々の知らぬ乙女の気配りや

生きざまも表裏なし蝶々や

鉄塔も居座りなおす朧月

鯉のぼりすすまぬそらの太い絆
風見鶏すすまぬそらの道しるべ
歌姫をなぞらうこけし小春日和

歌姫のペテン見破る蚊のちくり
タンポポにマトはずれ鬼に金棒
五月雨の音に暇ない皆塞ぎ

電車行きてふてふ上がるひねりっ屁
キジバトや心はれぬは鳩の平和
銭尽きて春の日差しに背丸める

日本橋するりすらりと春散歩

権之助ブロロブロロと春のバス

春めいて猫も杓子も部屋の外

夏

どろどろと椿道なり雲高く
水芭蕉枯れても宝石名を名乗れ
幽霊もちらほら見える夏隣

薔薇いわく通りの人はブ男ブス
頭から突っ込む虻のむくげ赤
逞しく生きる仏に木槿《むくげ》咲く

争いや裸のおんな伊香保にて

驚きや夏の星みる上高地

減らず口足してもたらぬ短夜や

短夜や切磋琢磨と星光る

短夜や勘の冴えたり団扇して

暑き日も合歓《ねむ》の花知る色眼鏡

蛍火に湧いて群がるぬらりひょん

蝸牛《かたつむり》気取る猫背の人気者

蛙から童心かえる地べたかな

走れ虎むくげ励ます物言わず
ひた走る人の灯り消す梅雨の雨
生首にもなみだの雨よ梅雨椿

夏草に燕ぐるぐるブーメラン

夏の空ふるさと覆う天晴れかな

夏の空雲の切れ間にあらすじなし

夏の空晴れ続きの平々凡々
えんえんえん泣きっ面に熊ん蜂
ぬるぬるすり抜けて鰻砂を噛む

夏草に道草を食う影法師

水を得た飛び魚潜る鰯雲

大空を急がば回れむら燕

言霊を数えたぶんはキツツキかな
列島の大涙ふる台風かな
ムクゲ花生まれたからには艶姿

あれはなに高麗美人ムクゲ花
夏草や夜風を浴びて仕草する
四十雀着の身着のまま二十歳から

五線譜なくとも集まるおたまじゃくし

風鈴やキーンとなるからかき氷

梅雨明けやツバクロ誘う尾のしかけ

燕のる有刺鉄線とげぬき地蔵

雨上がり雲がちぎれてスズメバチ

梅雨じとり敵だらけかな天の邪鬼

短夜を知らぬ存ぜぬ椋《むく》鳥《どり》や

ひまわりや背をぬき生える夏の顔

ひまわりの言われてみればひまわりや

答えれば微笑がえし夏の月

ミミズ焼く道に雀のご馳走や

暑き日やあねごを救う男ども

稲穂垂れ四角い畑全生徒

朝顔の下向きおとといきやがれ

山の峰星の数よりコオロギや

コオロギや月夜の草を滑り台

宿借りに野風手向ける仙石原

紅葉みてうつつに刺さる赤黄色

秋

秋の朝走る天狗のつむじ風

扇置く二階の窓の天狗ばな

秋晴れに達磨ころがるいろは坂

萩さきぬ老人ツノ生えおら笑う
台風からつるべ落としの独り言
お月さまがややがややイロハ歌さがし

秋風に軒並みならぬ猫じゃらし

朝顔と殿様気分朝ごぜん

秋の宵重ね重ねの美辞麗句

赤とんぼ蜘蛛ノ巣かかるやじろべえ

秋深く頼りの兄貴どこ吹く風

一茶坊俳句たいらげ秋暮れる

秋惜しむ話す言葉もひとり相撲

秋の夜辻にさすらう道しるべ

どんすこいどっこいおいらが蓑虫よ

えだ折り数える日々の蓑虫や
萩の道帰りはいつもご挨拶
夢ならば冷めるな夢の秋の朝

萩の家てふてふ出入るお化け屋敷

萩の家てふてふ狂う白昼夢

秋の服袖を通せば古だぬき

紅いの外国花にも秋の雨
古涙集うところも萩の花
次もなく明日もなくただ夜長かな

秋の朝雨に涙の仕事人
秋の月半身乗り出し人探し
呑んべえにはつるべ落としも酒の合図

蓑虫の忍者も負ける隠れ蓑

枝集めまるで乞食の蓑虫かな

朝顔のラッパで目覚めぬ寝ぼけども

どんぐりも背比べするよ裁判官

野分ゆく近代国家もろい瓦礫

部屋遊び台風の目の盗みかた

台風過ぎそとの日ざしに胸膨らむ
秋さんま睨む先には下ろし金
一言も話せず眠る秋の雨

誰が決めたか名月の価値定め
名月や幾夜の灯り戯れか
名月に乾杯すれば仲間入り

名月も落ちるよ噂の革命児

白鷺の夫婦畑のパトロール

秋寒い蛇口の水も滝の水

赤とんぼしおからとんぼかくれんぼ

時折に曼珠沙華咲く武蔵かな

秋のハエひと仕事する作家の部屋

朝露の散るさま閻魔のくしゃみかな

露の世に飽きても心露こぼし

秋の夜に狂い悶えし歯車よ

夜露みて無作法捨てた草の群れ
コオロギが鳴いて騒ぐか人の子ら
コオロギのリィリィリィと急ぐ足

秋深く天も心も幕張りや

秋さびし声の届かぬ天気予報

秋深く地蔵の顔にも深いシワ

冬

椿咲く角から走る幾人目

轟で一杯ひっかけ冬女

木枯らしにへんぴな男ほっかむり

利かん坊外は地獄と冬ごもり

寒空に肩を並べる与太郎かな

獅子舞も歯並びガチリ大晦日

羽子板も羽根を伸ばすや元旦に
凧上げてずんずんでんでん冬の空
平目からポロロポロロと針糸や

闇抜けて灯りに誘われあん肝や

ふぐ追って膨らむ夢としぼむ腹

ふぐ見ても知らんぷりするふくれっ面

椿咲く日本さまよう虎の子ら

冬の風吹く切り裂き魔お陀仏かな

冬の空高笑いする自由の志士

冬の日に足並み揃う屋根の下

うっちゃれ冬の阿漕《あこぎ》なつららども

冬の夜けろうりけろと素面《しらふ》なり

冬初めあてにならない色恋や

冬初め男勝りのどぶろくや

冬支度テキパキ畳むうちわもめ

素人も玄人もみな冬めくや
冬めくや急ぐ命も守る暖
椿咲く燃える命は口閉ざす

銀杏読む地蔵さんにも柿の種

銀杏降り地蔵傘さし嗚咽《おえつ》かな

下駄外れ桁外れ遊ぶ冬日和

嬉し悲しカボチャ煮てる神無月

行き行きて朝の見張りはヒヨドリや

木枯らしやなぜに吹くやら貧乏人

木枯らしや天狗の団扇《うちわ》の手ほどきや

皮むいて大根嫁ぐ塩釜へ

大根足むいても太い町娘

事足りる今夜の杖は冬大根

枯れる萩枯れる老いぼれ枯れる声

冬晴れや一期一会の五輪の年

ふるさとの銀杏も銭の賑わいや
ふるさとの紅葉もいずれ弟子たちへ
ふるさとや黄金ぬけて冬紅葉

草だんご道草食っても草の根かな

枯れ草や根まで枯れる日草《くさ》薙《なぎ》や

枯葉尽き木も化ける朝徘徊や

寒雀羽を閉じてもひもじいや
椿かな冬のはじめに知る世間
赤っ恥かいて椿の赤を知る

一茶忌や晴れて飲み干す一茶ノ句

寒椿おどろおどろと人斬りや

赤椿白椿咲き一閃き

餓鬼飢えて椿も植えて水鉄砲
飲んだつばは吐くな晒すな落ち椿
冬の月言われてみれば冷たいものよ

冬ごもり鬼の居ぬ間に夢探し
あれいつからやヒヨドリの目立つ日や
枯葉かな落ちても道の枯葉かな

ヒヨドリや中肉中背の悪知恵や
家々の垣根を越へるヒヨドリや
トサカには目をさますます針ヒヨドリや

柿食へば雀も飛ぶよ渋渋と

セキレイの尾は踏むまじ白い悪魔

寒き日の道に長居かセキレイよ

セキレイやなぜ気づくやら小さきも

羽広げ駒踊りするセキレイや

カラス鳴き子ら来るからに泣き枯れる

冬の雨ひとつひとつが悲し涙

冬の雨イタチの屁まで押し殺す

冬の雨耐えて心の雨溜める

冬更けて親父気取りの喝入れや
年の瀬に美人の顔も丸いかな
年の瀬にワルもマジメも大掃除

年の瀬や四十五数え初日の出

年の瀬やねずみ追いかけ五輪待つ

年の瀬や徳っ利あけた大侍

凧あげて飲んでも一人株上がる
獅子舞もトゥルリン回る酒の駒
海老で鯛を釣る知恵の輪ヒュルリん

冬の宵忍び足ゆく上福岡

冬の宵忍び足ゆく勝ち気かな

冬の宵忍び足ゆく勝ち組と

冬の宵勇み足ゆく負け組と
夜更けて間抜け確かめ酒盗や
大晦日時の鐘すら鳴らず無口

年の瀬に川越おぼえ強面《こわもて》や

年の瀬に川越わたる江戸っ子や

小江戸ゆく目から鱗の冬日和

ちくしょう人らしきかな年惜しむ

お正月お正月にもお仕置きや

初祝い初男初音一月尽

伊勢海老とまた会う日まで鉄仮面

霜降りる枯れた草にも点滴や

初霜や鳩も冷戦平和まで

初霜やや草もおのおの涙かな

雨降りや倒れた草も酒こぼし

松の内知恵針とがる商いや

なにあれど輪っか五つの去年《こぞ》今年《ことし》
なにあれどへのへのもへじ去年今年
初日の出から数えてる五七五

夢は夜成人式の酒騒ぎ
冬の月雲が流すの回覧板
呼べや呼べ三太も呼べや蕪村忌や

冬深し褒美割増し粗探し

雪ふるや椿もこれで涙かな

雪ふるやカラスの餌は金平糖

吹雪さす傘の下では火事場かな
雪が散る世の中そんなムラもあり
初雪やぶわりぶわりと散り蛍

水仙や恋も忘れたくノ一や

枯葉舞うくるくる落ちる風車

枯葉舞う枝のあやつる駒踊り

黄梅にへそ曲り詠む道途中
黄梅や沢庵ならべ精進や
ありたけの夢は実るさ凍《いて》鶴《づる》よ

おまけの句

夢風船みぎにひだりに夢空を
五輪の輪くぐる武蔵の二刀流
本郷で灯台もとぐらし柿の実

匕首やズンドコ鯉の泥沼よ
鯉の口あうああうあと食いっぷち
沼の主騒ぎ立てずに鯉鯉や

帆立貝なにを立てるかお葬式
帆立貝闇夜の薬ひも巻いて
パカパカとバカバカとホタテ青柳

満月にウトロウトロと黒い目や
満月にグガーグガーと大《おお》鼾《いびき》
満月やつまらぬ灯り部屋灯り

満月と女房のほほ落っこちる

風薫る茂る頭に茂る草

都から尋ね人来て風薫る

風薫る季節はいつもうぶな俺
こざっぱり寿司の上のる白魚や
白魚や一つ一つが江戸っ子や

桜えび桜えび食い目出鯛や

白魚に桜えび入る色目使い

初カラス洋服くれろとカカァカカァ

お月様どんどこたぬき酒溺れ
どじょうどじょうどじょう三拍子
夢羽織る鶴の背広は陰と陽

庭の鳥おっすおっすとりとめない
つるりすべすべ河童取るガキの肝
孕んでもおしろいまぶすマシュマロ

サメ怖い虫怖い鹿と鬼怖い
ずるずるすすする蕎麦やめて江戸弁や
うにの針刺さるとこなく砂時計

やまびこに返事するバカカバ言われ

相撲取り筋金入りの肌つきあい

ステンレスがらんと鳴りて台所

チラシには発光やめたホタルイカ

どっぴーかんあっけらかんかんこどり

芭蕉の門下の下のまたその下

あとがき

日常というのは当人が騒動に巻き込まれずに自然や街の受容体でいられることである。俳句という世界が、すでに自然と街が織り成している綾模様を書き連ねるということなのだ。

例えば「赤とんぼ」という五文字を街で見つける。それを書いてみる。それに空想を加えてもいいが、もしも「赤とんぼ」を夕方に見たのなら「夕暮れ」になる。すると「夕暮れに赤とんぼ」となる。とんぼなら「とぶ」。なら「夕暮れに赤とんぼとぶ」となる。あとは五文字。今、「赤とんぼ」を見ている自分を見てみよう。自分は「散歩道」を歩いている。なら「夕暮れに赤とんぼとぶ散歩道」となる。さらに感情を込めたいなら「夕暮れに赤とんぼとぶ別れかな」。とすれば、恋人や友と別れた「寂しさ」というのが伝わる。

このようにあまりかけ離れた発想はせず、自分の心や状況に素直に書いていくと良い。もし、あなたが俳句を捻るなら、そのとき自然や人々はあなたの心と一体なのだ。多少、恥ずかしいことを考えることもあるがそこは迷わず前向きに書いていくと良い。

私は今回の作品で地元から多くの財産をいただいた。この本はすべて上福岡の自然と人によって完成された。このことは言葉に書き尽くしきれない。

河合錫鳴（かわい・すずなり）
１９７４年生まれ。
20歳の頃に音楽に影響を受ける。それまでは日本語を学ぶことを好んでいた。大学を中退して音楽家になる夢を抱くが、挫折する。俳句に出会い、以来、芸術と日本の伝統文化の狭間でジグザグした日々を過ごしている。埼玉県在住。

切磋琢磨《せっさたくま》

２０２０年5月13日　初版第一刷

著者　河合錫鳴
発行人　松崎義行
発行　ポエムピース
〒１６６－０００３
東京都杉並区高円寺南４－26－12福丸ビル６階
ＴＥＬ０３－５９１３－９１７２
ＦＡＸ０３－５９１３－８０１１
編集　谷 郁雄
デザイン　堀川さゆり（ポエムピース）
印刷・製本　株式会社上野印刷所

ＩＳＢＮ９７８－４－９０８８２７－６４－８　Ｃ００９２